A FESTA DA CABEÇA

Todos os direitos reservados © 2021

É proibida qualquer forma de reprodução, transmissão ou edição do conteúdo total ou parcial desta obra em sistemas impressos e/ou digitais, para uso público ou privado, por meios mecânicos, eletrônicos, fotocopiadoras, gravações de áudio e/ou vídeo ou qualquer outro tipo de mídia, com ou sem finalidade de lucro, sem a autorização expressa da editora.

Dados Internacionais de Catalogação na Publicação (CIP)

B222f	Baptista, Kemla.
	A Festa da Cabeça / Kemla Baptista; [ilustrações] Camilo Martins - 1ª ed. - São Paulo: Arole Cultural, 2021.
	ISBN 978-65-86174-09-0
	1. Literatura infantojuvenil. 2. Orixás - Literatura infantojuvenil. 3. Religiões afro-brasileiras. 3. Candomblé - Literatura infantojuvenil. 4. Racismo. 5. Bullying. 6. Medicalização na infância I. Martins, Camilo. II. Título.
2021-323	CDD 028.5
	CDU 82-93

Elaborado por Vagner Rodolfo da Silva - CRB-8/9410

Índice para catálogo sistemático:

1. Literatura infantojuvenil 028.5
2. Literatura infantojuvenil 82-93

Agradecimentos

À minha família: minha filha, meu companheiro, e em especial à minha mãe Hercília por me incentivar e dar oportunidades de escolher ser escritora e contadora de histórias. Ao Camilo Martins, que é mais que um ilustrador, é um amigo irmão. E por falar em amigo irmão: ao Diego de Oxóssi, que abriu as portas da Arole Cultural para que minhas histórias deixassem de ser só minhas e ganhassem o mundo.

KEMLA BAPTISTA

Dedicatória

Dedico este livro a Orí. A minha cabeça, que desde criança sempre foi criativa e permitiu que eu voasse alto sem tirar os pés do chão. Dedico também a Obá, a guardiã, dona e senhora da minha cabeça, coração e vida. A Oxóssi, que me deu a oportunidade de aprender a caçar estórias. À memória do meu pai Jorge Roberto Baptista, dos meus avós, e todos os ancestrais da minha família. A Festa da Cabeça também é dedicada à minha filha Ayòdele e a todas as crianças do Orun e do Aiyê com quem eu tenho e tive a oportunidade de aprender e encantar através das nossas histórias pretas.

KEMLA BAPTISTA

Para Oxum, para Xangô, para o tempo, o mistério, e o silêncio que reside em todas as cabeças. .

CAMILO MARTINS

Cabeça de criança – Orí Omodé

Na cultura ioruba, a cabeça (Orí) é identificada como uma divindade pessoal, subjetiva. O Criador, chamado de Olorun, conforme a filosofia ioruba, garante a cada indivíduo uma potência sagrada, instalada no próprio corpo, para que as pessoas exerçam sua autonomia, sua capacidade livre de decidir, de agir. Trata-se, portanto, de um Deus libertário, que preza o livre arbítrio, que confia nas criaturas, que lhes outorga a possibilidade de condução pelo próprio destino. Assim, a religiosidade que deriva dessa matriz se revela parceira nessa trajetória e não um lugar de confinamento e de opressão.

Kayodê, o personagem central de "A Festa da Cabeça", da querida e talentosa Kemla Baptista, enfrenta os males do preconceito, da segregação; e encontra o Candomblé pelas mãos acolhedoras de sua avó Bida. Porém, a liturgia jamais lhe foi imposta. Merece destaque a decisão autônoma de Kayodê revelada na história: foi ele quem escolheu conhecer a tradição de seus antepassados. A religião descoberta por Kayodê, foi assim percebida pelo menino: um lugar de reunião familiar, de memória, de carinho, de solidariedade, de cuidado, de fortalecimento.

O borí (oferenda à Cabeça) prescrito a Kayodê pela sua avó Bida, é um ritual que visa acalmar os sentidos, reencontrar a serenidade e o equilíbrio, para que Orí, a Cabeça, conduza o ser humano pelo seu destino; descortinando, ele mesmo, as melhores soluções e a sintonia com o sagrado.

O ato de se permitir, de buscar suas origens, visando construir seu provir, já é um rito, já é um borí. É a "Festa da Cabeça" de cada dia, é o movimento reconciliador, realizador.

Em tempos de tanta violência e imediatismo, ser chamado de infantil se transformou em ofensa. Contudo, a inocência da criança, sua capacidade de perdoar, sua vontade de aprender, sua liberdade e alegria, são atributos dos quais jamais deveríamos nos afastar. No Candomblé, cultuamos a infância, celebramos o sorriso, divinizamos Ibéjì.

Kayodê e Kemla nos ensinam a revisitarmos nossas origens, para logramos serenidade. Ambos, nos convidam para essa linda "Festa da Cabeça".

Que possamos aprender com o menino Kayodê a nos encontrarmos em nós mesmos, a resgatarmos a força de nossa origem junto aos ancestrais, a construirmos o novo a cada dia, com a criança que existe em nós.

Orí o! Salve a Cabeça!

Márcio de Jagun
Babalorixá, escritor, advogado, professor de Cultura e Idioma Ioruba junto ao PROLEM/UFF e autor de Orí a Cabeça como Divindade, entre outras obras

A Festa da Cabeça é o tipo de livro que deveria ser recomendado tanto às crianças, adolescentes e suas famílias, quanto aos profissionais de educação e de saúde mental que atendem a esse público.

Trata-se de uma história protagonizada por Kayodê, mas que poderia ser também por Kauãs, Vitórias, Caíques, porque representa algumas situações que infelizmente ainda acontecem nas escolas como: bullying, racismo e medicalização da infância. O bullying, no comportamento de alguns estudantes praticarem a humilhação e a intimidação de outros colegas; o racismo, na atitude de usar as características físicas das crianças negras como motivo de exclusão e rejeição; e a medicalização, que é o encaminhamento indiscriminado aos especialistas com a crença de que, com os comprimidos certos, os comportamentos das crianças que incomodam os adultos serão erradicados.

Felizmente Kayodê é um menino que tem pertencimento familiar, de onde vem o acolhimento e a força que ele precisa para superar as dificuldades e reencontrar o próprio lugar no mundo.

A tradição, representada pela avó Bida nos faz lembrar que a força de uma árvore está nas suas raízes. E é no retorno a essas tradições que a saúde mental de Kayodê é restaurada. É com toda a família e a comunidade festejando e entoando boas palavras, bons ensinamentos e bons hábitos que nosso jovem herói se reconecta com sua ancestralidade.

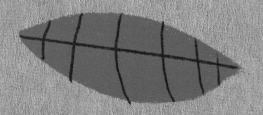

Essa história é uma lição para que as crianças e adolescentes conversem com seus pais sobre as coisas que acontecem na escola, e que estes, por sua vez, os olhem e os ouçam verdadeiramente. E entendam que muitas vezes o tempo excessivo gasto com a tecnologia e os jogos eletrônicos, pode ser uma forma de fugir de uma situação difícil, um pedido de ajuda que precisa ser ouvido.

Roberta Federico

Psicóloga preta (CRP 05/37.813), atua nas áreas clínica e escolar. É fundadora do Instituto Sankofa de Psicologia e autora do livro "Psicologia, raça e racismo - uma reflexão sobre a produção intelectual brasileira". Graduada e Mestre em Psicologia pela UFRJ, Roberta é especialista em Terapia de Família e também é membro da ABPsi - The Association of Black Psychologists.

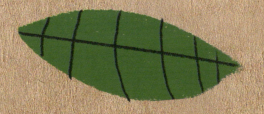

Para quem se diz gente grande, essa história pode até parecer coisa de cabeça de criança! Adulto é que tem mania de achar que cabeça de criança é sempre igual, até parece que esqueceram que já foram como a gente um dia. Mas ela conta nada mais nada menos que a viagem mais incrível que já fiz na vida: a viagem pra dentro de mim.

Eu sou o Kayodê. Tenho 12 anos, nasci e hoje moro aqui em Vila Isabel, um bairro bem animado na zona norte do Rio de Janeiro. Ah! E eu amo o meu nome. Minha mãe Núbia e meu pai Jorge explicaram que quer dizer "ele trouxe alegria" em iorubá – que é um dos muitos idiomas falados lá na África. E ele diz muito sobre mim: geralmente eu me sinto muito feliz mesmo, gosto de conversar, brincar, aprender coisas, jogar basquete... Mas nem sempre foi assim e é por aí que começa essa história que não sai da minha cabeça.

Quando eu tinha seis anos de idade, meus pais vieram falar comigo e contaram que iríamos mudar de casa e de país. De início eu nem liguei, mas depois entendi que essa mudança seria mesmo grande e para uma casa distante da nossa no Rio. Tinha que passar muitas horas no avião para chegar lá... Caraca! Meus pais estavam indo estudar em um curso importante nos Estados Unidos, chamado mestrado. Até hoje não sei bem o que é esse tal mestrado, mas sei que por conta dele meus pais tinham que estudar o tempo todo e quase não tinham tempo para brincar comigo.

Pouco antes da mudança, com a nossa sala cheia de caixas, minha avó Bida foi lá em casa levar um presente pra mim e conversar com meus pais. O presente? Era um colar bem bonito de missangas azuis da cor do céu em dia que dá praia ou cachoeira. Adorei! Ainda lembro dela olhando para mim e explicando que aquele colar tinha um nome: fio de contas ou ìlèkè. Ela falava, colocando o dedo com um anel bonito pro alto:

— Meu pretinho, quando você está com o seu fio de contas no pescoço, em verdade você está carregando seu próprio Orixá com você. É por isso que você não pode esquecer que Oxóssi estará sempre contigo te protegendo. Sempre esteja com seu fio!

Até hoje não sei como consigo lembrar dela falando tudo aquilo pra mim. Vovó me abraçou, falou umas palavras numa língua que eu não conhecia e eu até vi uma lágrima escorrendo, mas ela rapidinha como era deu um jeito de esconder. Depois ela continuou conversando com meus pais e disse a eles coisas que eu não consegui saber o que eram, mas eu via todos muito emocionados, se abraçando. Ouvi baixinho ela dizer: "até breve, meus amores. Aproveitem esse tempo, que em breve vocês voltam para o que é de vocês e dessa criança". Fui brincar e deixei pra lá. Era assunto de gente grande.

Viajamos. Chegamos nos Estados Unidos, eu com meu fio de contas azul, minha mãe com o dela amarelo transparente e meu pai com o dele marrom e branco. Não chegamos sozinhos, isso eu já sabia! Fomos morar num lugar chamado Brooklyn. Por lá conheci muita gente parecida com as pessoas da minha família. Conheci parques grandes, museus, a história de pessoas pretas incríveis e conheci o frio de verdade. Ui!

Ali eu fui crescendo, fazendo amigas e amigos que ensinavam o tempo todo o quanto ser preto é lindo e que nossas vidas e histórias realmente importam. Nessas convivências aprendi a falar inglês, passei a gostar ainda mais de basquete. O jogo é lotadão igual ao Maraca em dia de jogo do meu time, o mais querido". E eu achava que jogava bem. Achava! Mas rapidinho dei um jeito de melhorar. Lembro que o início foi um pouco estranho, mas pouco a pouco passei a gostar muito de todas as novidades da vida nova. Até virei o menino mais popular da escola!

Eu sentia saudade da minha cidade, do carnaval, de comer feijão preto todo dia na hora do almoço, espetinho que vendiam esquina da minha casa e de sacolé. Não tem sacolé nos Estados Unidos, dá pra acreditar? Não tem aquele mate e biscoito de polvilho da praia. Tem não! Mas a saudade mais dolorida era a que eu sentia da minha avó. Para aliviar, conversávamos fazendo vídeo chamada pela internet. E assim quase seis anos passaram. Eu estava bem maior, meu cabelo com dreadlock cresceu, eu já me atrapalhava para escrever em português e por isso preferia conversar. A vovó sempre dizia que eu não poderia esquecer do lugar de onde eu saí e que eu já estava falando embolado, trocando português com inglês e até com um pouco de sotaque. Mamãe conta que a vovó sempre teve fortes ideais, mas no fundo eu sei que toda essa implicância funcionava como um jeito de camuflar a saudade. Era o jeito dela de dizer que queria que eu estivesse pertinho.

Mas íamos dando um jeito. Pela tela do meu computador, eu via a minha avó ficar com os cabelinhos cada vez mais branquinhos parecendo um algodão bem fofinho ou uma nuvem do céu. Dona Bida sempre contou histórias incríveis de quando era jovem. Contava histórias que as vezes me deixava confuso se foram mesmo reais ou se era tudo coisa que saía da cabeça dela. Mas as histórias eram boas. Isso era o que importava.

Eu e minha família íamos vivendo, vivendo, até que a vida inventou de inventar. Minha avó diz que a vida sempre inventa coisas pra movimentar tudo o que está muito normal. Ela nunca errou! Certo dia, meus pais receberam uma ligação. Achei estranho, pois pouca gente telefona pra outra. Só se for algo muito, muito sério e importante.

Mamãe e papai vieram falar comigo. Ih! Agora eu entendi que a coisa era séria mesmo. Eles contaram pra mim que o nosso tempo nos Estados Unidos estava acabando e que em poucos meses nós estaríamos de volta ao Brasil.

- Uoooooowwww!!

Eu não sabia mais o que sentir. Se era tristeza ou alegria, se era animação ou chateação. Era ruim, mas era bom saber que voltaria para o Brasil, pro Rio, pra Vila Isabel. Era bom, mas era ruim saber que deixaria o Brooklyn os amigos da escola, o basquete.

De repente eu me via como se estivesse nos últimos segundos de um jogo super importante. Eram meus últimos segundos naquele país. Tocava o sinal e eu tinha que embarcar sentindo o sentimento mais misturado que eu conseguia lembrar. Quando eu saí do Brasil eu era pequeno e não lembrava dessa sensação. Crescer tem dessas coisas né?

Já no Rio de Janeiro, foi aquela agitação. Fui a muitas praias e para a minha felicidade pude sentir o gostinho do mate, do biscoito de polvilho, do sacolé. Que bom que ainda existe sacolé, eu pensava! Acho que esse era um dos meus maiores medos: o de não encontrar mais sacolé, mate e biscoito de polvilho. Todo dia tinha um parente chegando pra nos visitar. Nem lembrava quantas "tias" e "tios" eu tinha. Meus pais têm tantos amigos, a família é tão grande que eu até me confundia. Era bom, mas ruim era o fato de não ter conhecido ninguém da minha idade. As visitas não paravam, mas eu esperava muito por uma em especial. A visita da minha avó!

Quando ela chegou, eu estava jogadão no sofá de bobeira olhando para o celular. Nem percebi que ela já estava ali na sala olhando pra mim e rapidinha foi dizendo sorridente: "Larga esse vaga-lume menino! Vem aqui tomar benção a sua vó!"

Pedi a bênção, abracei, beijei, fiquei no colo dela e ela não parava de me agarrar... Achei até que ela fosse me esmagar de tanto amor e carinho! Era engraçado e era tão bom. Depois da beijação toda, a primeira coisa que ela fez foi passar a mão no meu pescoço, pra ter certeza de que o fio de contas azuis que ela me deu na minha partida ainda estava comigo. Estava sim! Ela deu um sorrisinho, os olhos dela brilharam. Tudo certo!

Domingo, almoço de família, muita gente junta. Enquanto todos comiam tocava hip-hop, tocava samba, tocava samba-reggae, tocava um tal de jongo, tocava mais samba, e mais samba até que depois do almoço meu pai e meus tios pegaram tambores, umas varetas e começaram a tocar e cantar umas músicas bonitas, numa língua que eu não entendia, mas todo mundo lá em casa conhecia. Papai cantava, todo mundo respondia. Era bom, era bonito. Eu me sentia feliz com aquilo, meu coração batendo forte, forte, fortão.

Perguntei pra vovó o que era aquele som e ela disse que o ritmo era o Agueré, o som dos caçadores africanos e deu uma risadinha de canto de boca. Achei muito legal! Passei o dia todo tentando imitar meus tios e meu pai, mas aquilo de tocar com varetas era bem mais difícil do que eu imaginava. Ah! E elas tem um nome que meu tio explicou. Chamam-se aguidavi. Quanta informação pra um só dia.

Aquele domingo era o último antes da minha volta à realidade: começar o ano na escola. Lembro que naquela noite eu quase não dormi de tanta ansiedade. Será que eu seria querido? Será que eu seria popular como sempre fui na minha antiga escola? Será que gostariam de mim? Será? Será? Como será? Entre um milhão de interrogações eu dormi. Amanheceu, e eu fui viver mais esta aventura.

A escola era perto de casa e grande, bem grande. Meus pais já haviam me levado lá para conhecer, mas todos os outros estudantes estavam em férias. Novamente a minha mãe e meu pai me levaram lá, só que dessa vez seria "me, myself and I" que em bom português poderia ser traduzido para "é tudo comigo mesmo". Procurei dentro de mim toda a coragem que eu tinha e entrei na minha nova sala. Olhei para a turma e ninguém parecia comigo. Esse foi o primeiro impacto. Eu os olhava, eles me olhavam. Arrumei uma carteira e me sentei. Fiquei calado, só observando a sala e a forma como o pessoal se tratava. Pareciam ser amigos há muito, muitíssimo tempo. Ah! Que saudade eu senti dos meus amigos.

Professora chega na sala. Ela se chama Teodora e para a minha felicidade ela lembrava muito a minha mãe. Nesse momento, senti um quentinho no coração. Mas esse quentinho durou pouco tempo, pois quando eu fui me apresentar para a turma, eu nem imaginava que começaria todo o meu sufoco. Me levantei da cadeira e disse:

– Me chamo Kayodê, um nome de origem Iorubá que significa "ele trouxe alegria". Nasci aqui no Brasil, mas vivi muitos anos em outro país e estou aqui pra ser amigo de vocês.

Na minha cabeça eu achei que tinha feito a coisa certa, mas enquanto eu falava, percebi a turma cochichando e pouco tempo depois as risadas, que foram aumentando de volume enquanto eu falava, até que jogaram uma bolinha de papel na minha cabeça. Do que é que estavam rindo? Era por conta do meu nome? Do fio de contas? Do meu cabelo dreadlocks? A professora pediu silêncio a turma. O agito parou, mas eu sabia que não acabaria ali.

Nos dias seguintes, quando falava qualquer coisa na sala eu era motivo de piada. Diziam que eu falava de um jeito estranho por conta do meu sotaque meio americano, mas eu continuava firme, indo todos os dias à escola até que um dia eu sorri um sorriso aberto. Sim! Era hora do recreio e apenas sorri enquanto brincava sozinho com a minha bola de basquete -foi aí que começou uma nova fase da perturbação pra minha cabeça. O Júlio, menino da turma, olhou pra mim e saiu falando pra todo mundo:

- Olha só! A gengiva do "Karatê" é preta! Já usa aquele colar esquisito no pescoço, fica sozinho... Que cara mais esquisito! Será doença? Eca!

Karatê? Quando ouvi isso logo eu quis brigar, gritar como um trovão, mas de repente me deu na cabeça uma vontade de sumir e me esconder dentro do mato. Eu faria qualquer coisa pra sair dali. Se eu pudesse eu até cavava a terra igual cachorro e me escondia dentro dela. Olhei bem pro Júlio e disse que ele não tinha direito de fazer isto com meu nome, nem comigo, nem com nada meu. Fui falar com a professora, mas ela me pedia calma. Calma que ela iria resolver isso no momento certo, só que o momento nunca chegava.

Calma? Como eu iria ter calma passando por tudo aquilo?

Voltei pra casa sentindo o gostinho da injustiça na boca. Almocei em silêncio e o telefone de casa tocou. Triiiimmmmmm!!!! Logo imaginei: só pode ser a minha avó. Ela é a única pessoa que eu conheço que ainda liga para o telefone fixo de alguém. Corri para atender e era mesmo ela, e antes que pudesse falar qualquer coisa minha avó disse:

CALMA? COMO EU IRIA TER CALMA?

- Kayode, que saudade eu estou sentindo de você! Olha, a vovó ligou para saber como você está. Tive um sonho tão bonito com você que senti uma vontade grande de conversar um pouquinho. Está tudo indo bem por aí, meu amor?

Quando ela terminou de dizer que eu sou o amor da vida dela, eu já estava paralisado, tentando imaginar como é que ela sabia que eu estava péssimo e precisando mesmo desabafar, dizer que eu estava mesmo com raiva do pessoal da minha escola que não conseguia respeitar quem eu sou.

Mas eu gaguejei, tropecei nas palavras e me enrolei todo. Queria dizer tudo, mas não disse nada do que havia acontecido. Acho que minha avó não ficou muito convencida de que eu estava ótimo, muito, muito bem mesmo como eu lhe disse. Antes de desligar, a vó Bida ainda disse que eu abrisse o coração e sempre que eu precisasse, mandasse mensagem ou telefonasse para ela. Que nós éramos unidos pelo coração. E se despediu dizendo: "o coração pode ver muito mais profundamente do que os olhos".

Os meses passavam e eu estava cada vez mais desanimado com a escola. Meus pais estavam trabalhando muito, chegavam em casa cansados, e eu não queria ficar reclamando na cabeça deles, pois dentro de mim sentia que era pra resolver tudo aquilo sozinho. Ah! Eu sentia vergonha de falar também... Passava tardes e tardes pensando num jeito de não me sentir assim. Pensava tanto que a cabeça ficava cansada e eu dormia. Quando o coração ficava apertado, era incrível como a minha avó sempre percebia, sentia e me ligava.

Numa dessas tardes de desanimo e cochilo é que uma coisa muito surpreendente aconteceu...

Meu computador começou a fazer uns barulhos esquisitos, piscava luzes na tela, parecia até que estava me chamando ou tentando se comunicar. E não é que estava mesmo? Daquele momento em diante eu comecei a usar o computador todos os dias para jogar. Jogava em rede, jogava basquete e ganhava sempre, jogava a tarde toda. Jogava tanto que até comecei a esquecer de fazer as atividades pra casa que a professora passava na escola. Meus pais nem sabiam, mas eu jogava até durante a noite em vez de dormir. No início parecia que o computador me abraçava, mas depois até que sufocava. Pela manhã, durante a aula, eu parecia um daqueles zumbis de filmes ou dos games: a cabeça não ficava firme, bambeando pra frente, pra trás, pra um lado e pro outro.

Minhas notas na escola começaram a cair, a professora veio até conversar comigo, perguntando: "Kayodê o que é que está acontecendo? Você está cada vez mais desanimado. Vou ter que avisar os seus pais e chamá-los aqui para uma conversa.". A escola enviou um e-mail pros meus pais, mas pra não ter chance de falha de comunicação ainda me fizeram levar um bilhetinho que os convidava para a tal conversa.

Meus pais foram à escola e na volta não estavam nenhum pouco amistosos. Disseram estar muito preocupados, que tomariam novas atitudes comigo – e a primeira delas seria cortar os games.

"Como assim?", eu respondi desesperado. Tentei negociar, falei que estava às vésperas de um campeonato importantíssimo no meio virtual, mas não! Eles disseram: "não é não, mocinho" – e quando meus pais dizem isso é causa perdida.

A segunda atitude seria contratar uma babá. Na verdade, minha mãe usou outro nome pra me despistar. Chamou de cuidadora, mas a realidade é que a Dona Neusa era uma babá. Que ridículo, eu com quase 12 anos ter uma babá tomando conta de mim em casa. Na verdade, ela era uma vigilante implacável. Ela me marcava melhor que muito pivô dentro do garrafão em jogo de basquete. Eu tomava toco toda hora. Não me dava espaço nem pra joguinho no celular.

A última atitude dos meus pais foi me levar para a temível consulta ao psiquiatra infantil. O doutor Godofredo era um homem com um nariz enorme, mãos gigantes, praticamente sem cabelo na cabeça e com um tom de voz bem assustador. Como pode alguém assim ser médico de crianças ou quase adolescentes como eu? Não entendia como é que meus pais me levaram nesse tal médico. Mas durante a consulta eu soube que ele havia sido indicado pela escola. Logo vi... tinha que ser, né?

Conversando comigo ele fez umas perguntas, e a medida em que eu o respondia, ele anotava num bloquinho de papel. Eu olhava aquela cena e a minha cabeça me dizia: - Ele ainda usa bloquinho de papel pra anotação? Não conhece smartphone, tablet, laptop? Depois dessa observação, resolvi passear distraído e tranquilo pelos caminhos da minha imaginação. Na realidade eu queria estar com a cabeça em qualquer lugar, menos naquela salinha gelada. Fui falando qualquer coisa que me vinha a cabeça, até que eu vacilei disse:

- Parece que tem algo dentro da minha cabeça que fala comigo.

Bingo! Era tudo o que o Dr. Godofredo queria. Chamou meus pais pra salinha e nos falou um milhão de nomes de transtornos de aprendizagem. Eram siglas que saiam da boca do médico como se fossem raios de laser que eu tentava me desviar o tempo todo nos jogos. De repente eu tinha que fazer um exame, uma tal de tomografia computadorizada. De início eu achei que se era algo computadorizado poderia ser legal, mas que nada! Na hora do exame, aquela sensação de ter uma voz na minha cabeça só crescia e me dizia: Kayodê, tem quem precise, mas você não precisa de nada disso. Seja forte que tudo isso vai passar. Encorajado, eu entrei naquele tubo que parecia uma nave espacial. Foi assim que a minha cabeça me ajudou a encarar tudo aquilo.

. Voltamos ao médico com os exames. Nenhuma anormalidade, disse ele. Ao ouvir isto fiquei pensando, se a minha cabeça fosse diferente mesmo eu seria chamado de anormal. Que surreal! Antes de irmos embora, o Dr. Godofredo receitou uns remédios, que segundo ele me ajudariam a manter a atenção já que segundo ele mesmo, eu estava com a cabeça na lua. O médico estava se achando o engraçadão, só que não era. Na minha cabeça aquilo não tinha a menor, a mínima graça.

Em casa, a Neusa, além de ser babá, virou a fiscal anti-game e responsável por me dar os remédios que o Dr. Godofredo receitou. Não sei o que deu em mim. Não sei mesmo, mas a minha cabeça não parava de ter ideias. Ela sabia que eu não tinha que tomar aquelas cápsulas. Não tomei! Lembrei de uma história em que uma menina guardava ervilhas embaixo do colchão. Fiz o mesmo. Neusinha trazia o remédio, eu o colocava de baixo da língua. Fazia de conta que engolia e assim que ela saia do meu quarto eu enfiava o remédio de baixo do colchão. Em pouco tempo o forro de madeira da cama estava cheio de bolinhas coloridas.

Eu já não jogava mais como antes, mas meu desânimo ainda persistia. Minhas notas não tinham melhorado muita coisa. Minha mãe e meu pai tentavam de tudo, com muito carinho. Me levaram pra fazer passeios, pra conhecer de novo a cidade em que nasci. Nem ver a vitória do Flamengo na final do campeonato nacional de basquete me deixou feliz. O ano escolar estava quase acabando e eu lutando pra melhorar nas notas da escola, pra vencer o bullying do Júlio e de todos os outros, fazer passar a saudade que eu tinha dos meus amigos e controlar a minha imensa vontade de jogar meus games de basquete.

Meus pais viram que todas as tentativas pensando na minha "melhora" durante o ano não tiveram grande efeito. As férias escolares iriam começar, a Neusa continuaria de olho em mim, exercendo sua função de fiscal anti-game oferecedora de remédios nunca consumidos. Naquelas férias não teria viagem, pois durante o ano eu não fui muito bem na escola e esse era o nosso combinado da família. Eu já sabia e nem tinha como reclamar. Resumindo: eu teria as férias mais chatas de toda a minha vida, da vida inteirinha! Sem jogos em rede, sem grandes passeios ou viagens e quieto em casa.

Quando eu achava que nada de novo ou legal aconteceria naquele mês de férias, acordei com a presença da minha avó na nossa casa. Não sei o que deu nela, mas achei aquilo bom demais: sem avisar nem nada, ela simplesmente apareceu na nossa casa. Cheguei na sala e a vi com um sorrido lindo, sentada no sofá com uma malinha ao seu lado bem no chão. Senti uma coisa tão boa, um alívio.

Corri pros braços dela, que novamente me esmagou entre abraços, seus fios de conta de missangas transparentes como a água e beijos melados de batom. Dessa vez, nem liguei: podia me amassar inteirinho, que eu gostava!

Ela trouxe muitas novidades: disse que veio para passar uns dias comigo e que na mala, havia surpresas pra mim. Quando ela abriu, tirou lá de dentro um embrulhadinho de tecido que parecia pesado e que tinha som de conchas batendo umas nas outras, suas muitas roupas e um livro marrom de capa dura bem grande. Fiquei curioso com o pacotinho barulhento, mas ela disse que depois eu saberia o que tinha ali. Logo depois, ela explicou que aquele livro marrom que também despertou meu interesse era um álbum de fotografias da família.

— Menino, antigamente ninguém tinha celular. Foto se fazia em dia importante, dia de festa. Daí juntava toda a família pra fazer a pose. Precisava esperar alguns dias até a foto ser revelada e quando chegava era uma festa, mas a imagem era assim, sempre em preto e branco. Quem quisesse foto colorida, tinha que esperar ainda mais tempo, para que o pintor colorisse a foto, fazendo uma pintura detalhada e trabalhosa.

E continuou:

— O tempo de hoje é bom, o meu tempo é agora, mas o tempo antigo ensina muita coisa pra nós. Entender que nem sempre o que queremos é pra já. Que pra ter algo que queremos, às vezes é preciso esperar o momento mais ajustado.

As fotos eram bonitas. Aparecia minha avó vestindo uma saia rodada e armada, colares iguais aos que eu ganhei dela e um pano bonito na cabeça, com as mãos cheias de pulseiras. Agora estava tudo explicado: minha Bidinha era linda desde novinha.

Nem sempre eu entendia as coisas que a minha avó dizia, mas eu achava bonito ela falar. E como minha avó fala! Se deixar, fala o dia todo! Na cozinha, ela e minha mãe conversavam. Vovó deu uns puxões de orelha na minha mãe, filha dela, que ouvia tudo e concordava caladinha. Que engraçado escutar aquilo e perceber que a minha mãe praticamente imita a vovó quando fala comigo na hora da bronca. Em meio a essa conversa elas começaram a falar sobre mim.

Meu pai se juntou a elas e aí eu fiquei mesmo preocupado. Reunião de família é coisa séria. Na cozinha então? Ui! Do meu quarto, eu ouvia vovó falar sobre a importância de cuidar das nossas tradições. Falou que meus pais estavam muito distantes disso e que isso estava fazendo com que eu ficasse assim, desse jeito estranho dos últimos meses. Que eu sou continuidade dela e que eu estou nesse mundo para ser feliz e ajudar muita gente a ser também.

A conversa avançava e quanto mais eles conversavam, menos eu entendia. Surgiam palavras como ekede, ogã, odu, oráculo, búzios, iaô. Será que eles falavam em códigos? Não entendia mesmo! Até que percebi que voltaram a falar algo sobre mim: vó Bida dizia que nada do que estava acontecendo comigo a deixava surpresa, pois ela sabia que este momento era o início de uma grande mudança na minha vida.

"Mudança? Mais uma?", eu pensei.

E ela seguiu falando:

— Núbia minha filha, você tentou de tudo o que os educadores e médicos conhecem e indicaram. Viu que nada deu certo, nada trouxe de volta o brilho nos olhos do pequeno? Eu sei bem que a ciência tem feito muitos avanços e por isso tem muito valor, e que ajuda as pessoas que têm necessidades, que têm problemas de saúde física, a encontrar a cura. Mas humildemente lhe digo que o problema aqui foi você ter esquecido de também buscar apoio nos saberes que você conheceu desde criança. São as ciências dos ancestrais.

Ensinamentos, sabedorias que até onde eu me lembro foram passados da sua bisavó para a minha avó, da minha mãe para mim, e que venho tentando com muito empenho passar para você e que de você, irão chegar ao Kayodê. Não se pode viver um faz de conta! Não se pode esquecer de onde viemos, para não correr o risco de ficar sem saber para onde iremos! Não esqueça: um adulto tem que ser adulto, sempre sabendo ser criança. O que acontece com o menino é que ele precisa cuidar do que é dele. Eu já disse isso a vocês dois antes de irem para os Estados Unidos, e agora chegou o momento dessa história começar. O Kayodê, sem nem imaginar, vai unir e alegrar ainda mais a nossa família. Vamos cuidar da Orí dele... E para começar ele vai precisar de um belíssimo borí!

  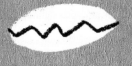 

Eles continuaram conversando e enquanto isso, eu fiquei apavorado! O que era aquela coisa que minha avó tinha dito? Corri para o celular e fui fazer uma pesquisa rápida na internet sobre aquele nome novo que eu acabara de ouvir. Como é que escreve isso? Bo... Bo... Eu não sabia como escrever a tal palavra dita por minha avó. Sem chances de buscar pelos caminhos que conhecia, fiquei ali deitado com o olho arregalado e me sentindo encurralado.

Será que o tal "boiri" era algum tipo de remédio azedo? Pior! E se for uma injeção daquelas com agulha bem grande? Se bem que, com esse nome, acho que tem algo que ver com boi. Será que eu vou ter que lidar com boi? Eu não tenho a menor habilidade pra ser cowboy. Nada parecia fazer sentido. Nada! Meu coração batia acelerado. Mais acelerado do que o ritmo da bateria da escola de samba que ensaiava perto de casa. No compasso da espera eu fiquei ali, calado, sozinho. Mas alguma coisa na minha cabeça me dizia que em breve eu descobriria, entenderia tudo direitinho.

Eu já estava quase dormindo quando a vovó entrou no meu quarto, com duas canecas cheias de chá e uns biscoitos. Eu me levantei, aceitei o chá e perguntei do que era. Não parecia com aqueles do supermercado que vem em pacotinhos. Ela explicou que era chá da folha da colônia, muito bom pra acalmar os aflitos.

Como a minha avó sabia disso, eu não sei. O que eu sei é que tomei tudo rapidinho. Incrível como eu fiquei mais tranquilo, depois! Tão tranquilo que nem tive dúvidas, juntei as palavras e perguntei:

- Vó... eu sei que não é certo escutar as conversas dos adultos, mas não teve como eu não escutar a senhora falando com a minha mãe e o meu pai que eu preciso tomar um tal de "boiri". Vó eu não sei lidar nem com peixe em aquário, vou lá lidar com boi? Por favor me diga o que é isso. É um remédio azedo? Uma injeção apavorante?

Minha avó, que tomava um gole do chá, quase se engasgou. Deu uma gargalhada gostosa de colocar a cabeça pra trás. Até pensei ter falado alguma besteira, fiquei sem jeito, mas logo ela disse:

- Meu amorzinho! Sua avó está rindo aqui, pois foi muito divertido o jeito que você falou. Na realidade, o modo correto de dizer é borí e não tem nada de relação com bois, vacas, búfalos ou qualquer outro ruminante. Não é injeção, nem remédio azedo, menino. Pra te explicar direitinho, sua avó vai contar uma história e fazer uma comparação...

E aí começou a parte boa...

– Quando você faz muitas atividades, joga uma partida de basquete, tem aula na escola, vai à natação, quando você joga esses negócios aí no computador, você não fica cansado? Eu sei bem, chega um momento em que você está azul de fome, vai pra cozinha desesperado querendo comer e a comida repõe a energia do seu corpinho. Agora imagine que a mesma coisa acontece com a nossa cabeça.

"Ué!!! Cabeça com fome? Como assim?", eu fiquei pensando e ouvindo a minha Bidinha falar!

– Os nossos ancestrais africanos, aqueles que foram raptados da terra mãe e trazidos escravizados aqui pro Brasil muito antes de nós... Lembra, que a vó já contou esta história pra você? Pois eles eram conhecedores das palavras que encantam, das músicas que alegram, das folhas que curam e muito mais! Conseguiram ter a força e a inteligência de fazer com que todos esses saberes atravessassem os tempos e chegassem até nós.

Um desses saberes diz que a cabeça de uma pessoa faz dela um rei ou uma rainha. Isso mostra que a nossa cabeça é mesmo muito importante. Para a nossa tradição de origem Iorubá, a cabeça se chama Orí e precisa ser fortalecida com bons pensamentos e aprendizados. Tem a cabeça que vemos e uma outra, uma cabeça invisível, que é responsável por nossos pensamentos, por aprender, por nos guiar na direção do que é melhor fazer. Dizem até que Orí fala conosco e que ela precisa ser alimentada, cuidada, louvada, homenageada. Quando isto acontece, Orí está muito bem, é um Orí Rere. Mas quando a cabeça está fraca, cheia de pensamentos ruins, envolvida na tristeza, mentira, na solidão, Orí fica burúkú, fica doente.

Eu estava ali ouvindo aquilo tudo e pensando que a minha avó tinha uma cabeça, uma Orí incrível. Como cabia tanto conhecimento numa cabeça só? Era o maior e melhor HD do mundo, eu não tinha dúvida. .

Nesse momento, já achava que ela estava falando de mim, da minha cabeça, da minha situação. Aproveitei a pausa que a vovó deu pra beber outro golinho de chá e perguntei se existe um jeito de um Orí doente ficar melhor.

Ela respondeu:

- Sim! Eu ia falar justamente disso, Kayodê. Quando a cabeça da pessoa está fraquinha e faz muito esforço, é preciso fortalecê-la. É igualzinho ao resto do corpo, que após muito gasto de energia, sente fome. No caso da cabeça, é preciso alimentá-la de coisas boas, de tudo o que ela gosta e precisa para ficar bem. Por isso que nós do axé fazemos o borí, que é uma das mais lindas e importantes celebrações rituais do Candomblé. O borí é a festa da cabeça, em que nós cantamos, dizemos boas palavras para a Orí da pessoa, e como em toda boa festa tem até uma comidinha boa que Orí gosta. É uma beleza! As pessoas de roupa toda branca, unidas, felizes, desejando o bem daquela Orí e da pessoa de quem a cabeça está em festa.

Quando a minha avó Bida contou tudo aquilo eu fiquei encantado! Achei ótima a ideia de uma festa, música, cantorias, belas palavras e comida. Afinal, comida é comigo mesmo! Se era assim tão legal como a minha avó estava dizendo, claro que eu queria participar! Talvez até mesmo ter a minha própria festa da cabeça.

Por um instante eu queria muito ser parte de tudo aquilo que a minha avó contava com tanta felicidade e sorriso no olhar, "ser do axé" igual ela falou com tanto orgulho! Nem pensei e a minha boca falou quase que sozinha, dizendo a ela que seria muito legal poder conhecer o lugar em que acontece uma festa dessas.

Meu coração batia forte, pedi a bênção e abracei minha avó. Senti que o coração dela também batia acelerado e ficamos assim por um bom tempo, tanto é que eu acabei dormindo no colo dela. Nem lembro a última vez que fiz isso, mas sei que não tinha esquecido como é bom dormir sentindo o cheirinho dela. Dormi e sonhei com tudo o que a vovó contou. Parecia filme 3D.

No outro dia, bem na hora do café da manhã, entre uma fatia de pão tostado e outra, entre um gole de suco e outro, eu juntei toda a coragem que eu tinha, lancei para a boca e disse:

– Família! Eu quero uma festa da cabeça para mim! Eu quero e preciso! Como eu sei que só a vovó pode me ajudar nisso, eu vou com ela para a sua casa, pra descobrir como é essa tal festa e alegrar minha cabeça.

Caraca! Pensa na situação: por um instante, todos congelados. Mamãe, papai e vovó pareciam estátuas. Alguns segundos depois, eles já estavam me beijando, me abraçando, minha mãe chorando de emoção. Nunca imaginei que pedir pra ter uma festa seria algo tão emocionante.

Dias depois eu e meus pais estávamos atravessando o grande portão de madeira enfeitadinho com folhas de palmeira desfiadas da casa da minha avó. Eu não tinha a menor ideia do que iria encontrar naquele lugar, não lembrava do tamanho da casa. Era um sítio, com muitas casinhas pequenas e uma casa maior com uma cozinha bonita, uma sala bem grande com uma cadeira alta que parecia de rei ou rainha, uns três tambores iguaizinhos aos que meu tio e meu pai tocavam com varetas nos domingos em família.

Notei também que na casa da minha avó, tinha muita gente sempre visitando e todos, antes de fazerem qualquer coisa, pediam a benção a ela quando ali chegavam. Muita gente gostava da minha avó, tanto que a chamavam de "mãe" - e eu nem imaginava que tinha tantas tias e tios desconhecidos! Eu senti ainda mais orgulho de ter uma avó tão querida assim.

Por lá também passavam muitas crianças da minha idade, outras mais novas, maiores. No início eu fiquei com medo de receber o mesmo tratamento do pessoal da minha escola, mas em pouco tempo eu percebi que nenhuma delas estavam ali para me tratar com diferença. Ali, éramos todos irmãos e irmãs. Uns já tinham atividades importantes, mas em certos momentos também brincavam, cantavam, dançavam. Ninguém queria saber de onde eu vinha, quantos campeonatos escolares de basquete eu já havia jogado ou se eu falava estranho.

Mas uma coisa me deixou intrigado: tinha um quartinho com umas cortininhas esvoaçantes e mais enfeite de folhas desfiadas de palmeira. Me contaram que eu ainda não poderia entrar ali, mas que isso mudaria logo. Que mistério!

Eu também senti uma coisa muito diferente enquanto ia conhecendo a casa da minha avó: era um cheiro diferente, um cheiro que não sabia de onde vinha, mas tinha certeza que existia. Sentia meu corpo arrepiando, deu até vontade de chorar de emoção quando eu passeava por entre as plantas do quintal. Minha cabeça dizia a todo momento para mim que eu estava em casa.

Fui correndo falar dessas sensações aos meus pais, que logo contaram tudo a minha avó, que por sua vez ouviu e sorriu um daqueles seus sorrisos enigmáticos. Vovó pediu para que eu esperasse um pouco do lado de fora do quarto em que ela recebia as pessoas para conversar. Ficou lá com os meus pais por muito, muito tempo. Eles saíram de lá dizendo:

— Kayodê, você terá a sua festa da cabeça! Vamos preparar tudo que vai acontecer amanhã.

Rapidamente, todas as pessoas que sempre costumavam visitar a casa da minha avó, começaram a fazer coisas diferentes: alguns na cozinha preparavam as comidas que pareciam apetitosas, outros iam catar folhas, flores, havia também quem preparasse uma roupa branquinha, bem cheirosinha para que eu usasse na hora da festa. Era um vai e vem de gente contente que era bonito de observar.

Eu não poderia ajudar muito, pois vovó disse que naquele dia eu precisaria descansar meu corpo e minha cabeça ficando bem quietinho esperando a hora de tudo começar. Mas, que chegaria o momento em que aquelas pessoas que faziam tudo com tanto carinho para mim também receberiam a minha ajuda. Achei isso muito bonito, uma pessoa ajudar a outra.

Daí entendi o motivo de todos se chamarem de irmão, irmã. Minha avó criou uma família muito bonita mesmo!

Eu nem sabia o que falar, o que sentir. Não sabia se gritava, pulava, ou agradecia, até que chegou o grande momento. A festa da cabeça havia ficado pronta. Era linda, era uma coisa fantástica, até mais do que eu havia visto no meu sonho.

Lembro de alguns momentos em que todos vieram dizer coisas boas para mim e para a minha cabeça. Todo falavam coisas tão lindas que me emocionei. Mas a grande emoção mesmo, veio quando meus pais e minha avó falaram.

Se eu já sabia que os amava, agora eu tinha certeza. Que felicidade!

No fim da festa meu sentimento era de satisfação e gratidão. Eu me sentia como uma pena voando no céu. Leve! Nunca me senti assim. Acho até que todo mundo no planeta deveria ganhar uma festa da cabeça também. Se deixassem, por mim, a festa da cabeça deveria acontecer no mínimo umas duas vezes ao ano de tão boa que é.

Foi aí que começou um novo capítulo da história da minha vida. Muito mais feliz e conectado com o que realmente importa!

Depois de ter passado por tudo isso, depois de um ano em que eu achei que nada havia dado certo, eu entendi que as coisas difíceis que acontecem vêm para nos ensinar muitas coisas e que precisamos estar com Orí bem forte para enfrentar todas elas. Hoje estou em uma nova escola, sentado em outra carteira, escrevendo essa redação e pensando que ela dá uma bela história, dessas dos livros que eu tenho na estante de casa.

Quem sabe um dia, né?

Até lá, eu quero mesmo é colar no meu tio e no meu pai para aprender a tocar o Agueré!

Sobre Kemla Baptista

Pernambucana radicada no Rio de Janeiro, sou contadora de histórias, escritora, mãe, professora e empreendedora social. Idealizadora do Caçando Estórias, iniciativa de arte e educação que apresenta as tradições afro-brasileiras através da contação de histórias. Faço parte da Red Internacional de Cuentacuentos - RIC e o Caçando Estórias integra a Rede Nacional Primeira Infância - RNPI. Construí minha experiência sob a inspiração de grandes mestras e mestres da narração oral, do candomblé, cultura popular e literatura infantil. Sou Equede no candomblé e atuo na defesa dos direitos dos povos de terreiro realizando itinerância de espetáculos, rodas de contos e ateliês criativos para crianças em comunidades tradicionais do RJ e PE. Criei o primeiro canal no Youtube e podcast dedicado as afro-brasilidades para o público infantil. Recentemente apresentei e produzi episódios do podcast "Deixa Que Eu Conto" para a UNICEF. Realizo o festival "Aguerézinho" e estou inaugurando a "Casa do Ofá", a primeira casa de educação antirracista de Pernambuco. Faço o que acredito com amor e sei que "quando uma mulher negra se movimenta, toda a estrutura da sociedade se movimenta com ela".

Sobre Camilo Martins

Sempre fui de fazer rabiscos pela casa, em papeizinhos, paredes e outros cantos. Hoje faço esses rabiscos em livros, para que outras crianças possam se sentir à vontade para desenhar por aí. Me formei em gravura na UFRJ em 2017 e trabalho com ilustração para crianças e jovens desde então. Desenhar todas as histórias que aprendi nas ruas, livros, terreiros e rios é a melhor forma que encontrei de entender o mundo. Sempre digo que desenho exclusivamente para crianças (seja com estampas de roupa ou em páginas de livros), porque com toda certeza elas são o único público capaz de entender todas as loucuras desse e de outros mundos. A infância é o que existe de mais sofisticado na humanidade, é onde a gente se solta, onde a gente aprende, onde a gente vence a morte.